皮皮历险记之火星大冒险

火星，我来了

周保林 著　王赫 绘

化学工业出版社
·北京·

图书在版编目(CIP)数据

火星，我来了/周保林著；王赫绘. —北京：化学工业出版社，2022.10
（皮皮历险记之火星大冒险）
ISBN 978-7-122-42015-2

Ⅰ.①火… Ⅱ.①周…②王… Ⅲ.①儿童故事-图画故事-中国-当代 Ⅳ.①I287.8

中国版本图书馆CIP数据核字（2022）第148276号

《皮皮历险记之火星大冒险》丛书编委会

主编：殷皓　钱岩

顾问：姬刚

副主编：齐欣　郭小军　叶菲菲

《火星，我来了》编委会

主编：张璐

副主编：胡杨　武佳

编委会成员（按姓氏笔画排序）：

王霞　王先君　王洪鹏　刘枝灵　李一　张然　邵翔楠　谢柯欣

科学顾问：孙伟强　武佳

多媒体资源：吴彦旻　王鹏　李嘉欣　黄宇婕　任继伟

责任编辑：王　雪
责任校对：宋　夏
装帧设计：李子姮　梁　潇

出版发行：化学工业出版社
　　　　　（北京市东城区青年湖南街13号　邮政编码100011）
印　　装：北京瑞禾彩色印刷有限公司
710mm×1000mm　1/12　印张4　字数50千字
2023年4月北京第1版第1次印刷

购书咨询：010-64518888
售后服务：010-64518899
网　　址：http://www.cip.com.cn

凡购买本书，如有缺损质量问题，本社销售中心负责调换。

定　　价：45.00元　　　　版权所有　违者必究

人物介绍

皮皮

聪明伶俐,能够随机应变。凭借优异的成绩获得了火星学校的录取通知书,可以前往火星学校学习。

朱哥亮

智能机器小猪(蓝色,①号),陪同皮皮前往火星学校学习。团结友爱,是一个暖心的小伙伴。

朱月半

智能机器小猪(绿色,②号),陪同皮皮前往火星学校学习。极其喜爱美食,看什么都像吃的。

朱茉莉

智能机器小猪(粉色,③号),陪同皮皮前往火星学校学习。精通高科技及各领域知识,心思缜密,是皮皮的好帮手。

周博士

火星学校的校长,负责带领同学们进行火星学校各种课程的学习。

火星狼

火卫一狼族基地的领导者,一心想占领火星,经常给火星基地制造麻烦。

笨笨狼

火星狼的手下,虽然叫笨笨狼,但却是火星狼手下中最聪明的,做事狡猾。

慢慢狼

火星狼的手下,虽然叫慢慢狼,但却是个急性子,做事鲁莽,不动脑子。

《皮皮历险记之火星大冒险》推荐语

科技创新与科学普及同等重要，是实现创新发展的两翼。《皮皮历险记之火星大冒险》不但注重知识本身的严谨性与系统性，还在讲述方式上推陈出新，是一套优秀的科普图书。

——欧阳自远（中国科学院院士、中国月球探测工程首任首席科学家）

在火星，在宇宙的每个地方，都藏着许多奥秘，等待着小朋友们去探寻。宇宙很大，我们一起去看看！宇宙很美，你也是！希望小朋友们保持一颗好奇心，珍惜时光，努力学习，增强本领，只有这样才能发掘更多的宝藏。等你们有了新的收获，记得一定要告诉我呦……

——贾阳（月球车与火星车设计师）

阅读《皮皮历险记之火星大冒险》，有点像玩拼图游戏：各种有趣有益的科普知识被巧妙地融于扣人心弦的情节中，真实的火星面目渐渐清晰，青少年也在不知不觉间埋下科学探究的种子。也许某一天，中国的火星探测员就从他们之中产生。

——张贵勇（亲子教育作家、《中国教育报》资深编辑）

太阳刚刚升起,睡眼惺忪的皮皮就收到了一个好消息!

他终于收到了火星学校的录取通知书。

全家人都为皮皮感到开心。
"火星！我来了！"

转眼到了开学的日子。孩子们排成队,来到了飞船发射基地。皮皮和三只小猪的眼睛都不够用了。

"哇,好大的萝卜!"

"朱月半,这是运载火箭!"

"看,那是天问十号宇宙飞船!火箭要把飞船送入太空!"

宇宙飞船和运载火箭

宇宙飞船是一种运送航天员、货物到达太空并安全返回的航天器。它由运载火箭送入太空,能保证航天员在太空维持短期生活并进行一定的工作。

此外,运载火箭还能把人造地球卫星、空间站、空间探测器等其他有效载荷送入预定轨道。

皮皮和三只小猪穿戴好航天服，登上了宇宙飞船。随即朱茉莉投射出航行示意图：

"不是什么时候都可以去火星的，大约每26个月才有一次好的机会，现在出发最合适。"

朱月半疑惑地看着皮皮：

"皮皮，我们多久才能到火星啊？"

皮皮笑着说："7个月。"

火箭推动飞船穿越大气层来到了外太空，皮皮和三只小猪立刻飘了起来，这时飞船的广播响起：

"各位火星学校的新同学，我是本艘飞船的船长，祝大家旅途愉快。飞船上有餐厅、游乐场、图书馆，中心区域为模拟重力区，你们可以像在地球上一样行走，请大家按标识自由活动。现在飞船即将加速，同学们，我们火星上见！"

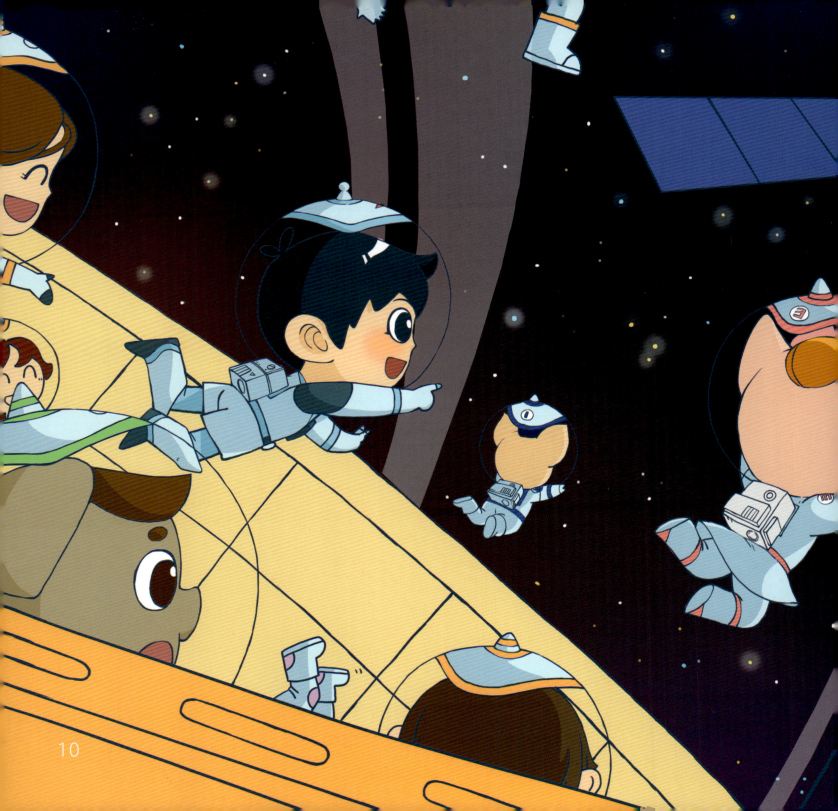

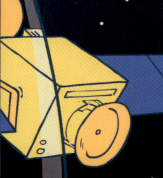

"哇,星光璀璨,好美啊!"

皮皮、三只小猪和同学们一起吃美食,在游乐场玩"飞翔足球",飘在图书馆空中看书……
"哇,太好玩了!"

突然,一颗不明流星体从飞船上方划过,飞船警报器响起……
还好,只是虚惊一场!

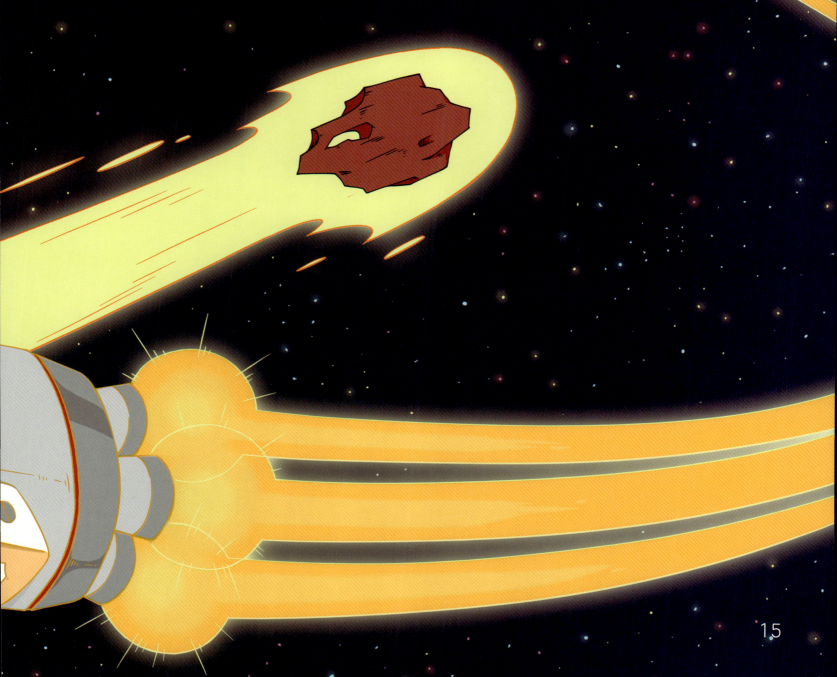

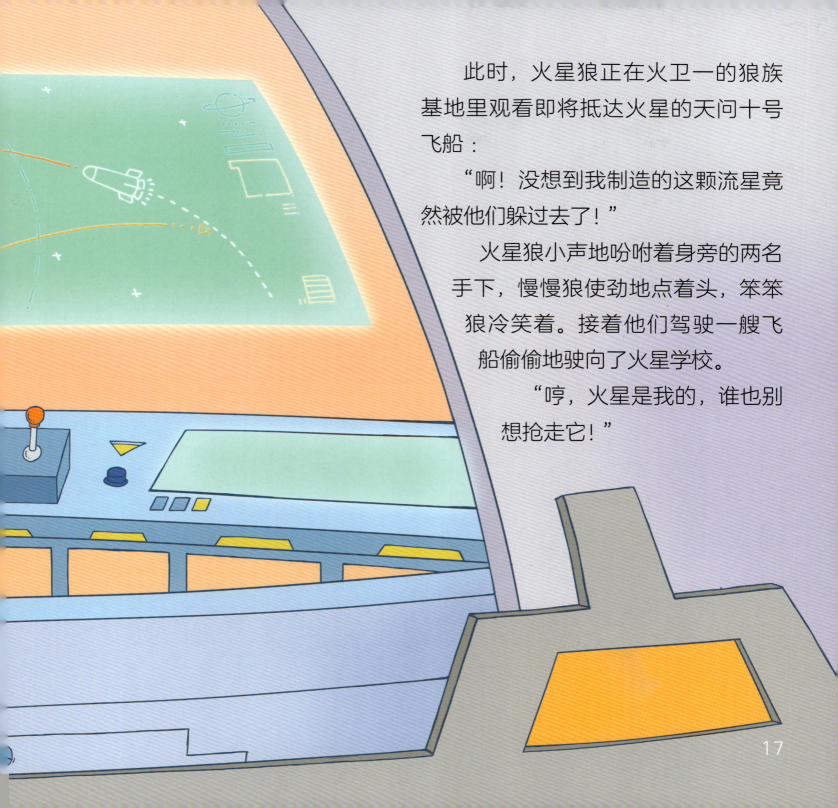

此时,火星狼正在火卫一的狼族基地里观看即将抵达火星的天问十号飞船:

"啊!没想到我制造的这颗流星竟然被他们躲过去了!"

火星狼小声地吩咐着身旁的两名手下,慢慢狼使劲地点着头,笨笨狼冷笑着。接着他们驾驶一艘飞船偷偷地驶向了火星学校。

"哼,火星是我的,谁也别想抢走它!"

准备降落火星，孩子们都兴奋得不得了，皮皮排在第一个，大家陆续走进登陆舱。天问十号找准角度，即将"发射"登陆舱到火星表面。

"大家都要坐好，着陆火星有很高的技术要求，角度掌握不好的话，不是被弹出去，就是会垂直落下，很危险的！"

"降落还需7分钟,各项数据正常,火星表面正常。"

皮皮和三只小猪透过窗户看着向往已久的火星。突然,皮皮发现不远处有一阵火星风暴席卷而来。

"警报!警报!火星风暴正在袭来,预计3分钟后与风暴正面相遇!"

朱月半磕磕巴巴地说:"还没吃到火星大餐,就遇到了恐怖的火星风暴,我也太惨了!"

风暴袭来,登陆舱左右晃动,警报声不断,大家根本看不到火星表面,孩子们都尖叫起来。皮皮太了解火星了,他立刻让朱哥亮连接火星网络,探测出这不是正常的火星风暴。于是马上联系飞船的船长,修改了降落航线,躲过了火星风暴的袭击。

"真没想到,这帮小家伙里竟然有高手,居然破解了我的风暴袭击!"

"哼,火星是我的,谁也别想抢走它!"

　　登陆舱平安降落火星。火星学校的老师和学生们都来迎接大家,盛大的新生欢迎仪式在火星基地的火星学校举行。校长周博士正在带领大家做"火星操"。

　　与此同时,有一批毕业生登上了撤离舱,正起飞准备和天问十号对接,即将返回地球。

火星的大气层

　　火星的大气密度只有地球的1%左右。火星大气层的主要成分是二氧化碳,占比高达95%,其余成分包括氮气、氩气、水蒸气以及少量的氧气等,且大气层非常稀薄,不能供人类直接呼吸。

突然，火星基地的警报器响起。

"警报！警报！生态循环系统芯片已取出，火星基地的氧气正在外泄，剩余氧气不足70%！"

火星的生态环境

火星的大气稀薄，且氧气含量极少，目前的条件并不适合人类生存。故事中的火星基地，是一个独立的生态系统，其环境和地球是一样的。如果故事中的主人公离开火星基地，是无法在火星上生存的。

"不好!火星基地是靠生态循环系统维持的,外面的环境可不适合我们生存,我们要赶快找到芯片。"

周博士赶快让大家去穿航天服。皮皮和三只小猪快速跑向自己的房间,在拐角处,看到了两个可疑的家伙。他们蹑手蹑脚,手里拿着一块芯片。

皮皮没有来得及戴上头盔就追了过去,三只小猪紧紧地跟在他的身后。

"警报！警报！火星基地剩余氧气不足50%！"

三只小猪拉住皮皮，让他赶紧回去穿航天服，否则氧气不足会出危险的。

皮皮焦急地看着即将逃跑的两个搞破坏的家伙，又回头看看远处自己的房间：

"不行，万一让他们跑了，火星基地就完了！"

"朱哥亮，你快去找周博士，告诉他我们发现了破坏者！"

"朱茉莉，启动全息投影，选取迷宫模式，让他们找不到出口。"

"朱月半，咱们去抓住这两个坏蛋。"

"啊？皮皮，我，我还没吃饱呢，不一定能帮上忙……"朱月半满脑子都是美食。

"警报！警报！火星基地剩余氧气不足42%！"

朱茉莉悄悄地启动了全息投影，从头顶发出一束光线投射在慢慢狼和笨笨狼身边，他们的眼前立刻出现了一大片迷宫。

慢慢狼急得直蹦："这是怎么回事？"

笨笨狼可不笨，他眼珠一转："坏了，我们可能被人发现了！你别着急，我看看到底是怎么回事？"

可是慢慢狼就是一个急脾气，他到处乱撞，撞得鼻青脸肿。

"警报！警报！火星基地剩余氧气不足37%！"

两个坏蛋东冲西撞，皮皮看到他们这么狼狈，高兴得在旁边哈哈大笑，朱月半笑得更夸张，开始满地打滚儿了。

可是，聪明的笨笨狼只是在演戏，他在寻找机会。

"警报!警报!火星基地剩余氧气不足17%!"

皮皮光顾着笑了,火星基地的氧气越来越少,皮皮呼吸越来越困难,一下子瘫倒在地上。

而此时,笨笨狼却找到了机会,他一声吼叫向皮皮扑来!
朱月半吓得早就躲得远远的:
"我,我,我天生就怕狼……"

正在这危急时刻，倒在地上的皮皮挣扎着在投影屏幕上画出一只大恐龙，一甩手投进了迷宫里，大恐龙张着大嘴直奔笨笨狼，笨笨狼吓得一下撞到了墙上，芯片也掉在了地上。

朱月半一看这么好玩，也赶紧画了一个稀奇古怪的怪物，奇丑无比，也投进了迷宫里。慢慢狼看了半天也没看出来这个怪物到底是什么。

朱月半一吐舌头："看来我以后要认真学画画了！我再画一个……"

"警报!警报!火星基地剩余氧气不足13%!"

皮皮喘着粗气用尽全身的力气拿到了芯片,这时朱哥亮带着周博士赶到了,他们赶紧给皮皮戴上了氧气面罩。

大家都在手忙脚乱地救皮皮，慢慢狼趁机拉着晕倒的笨笨狼逃跑了。

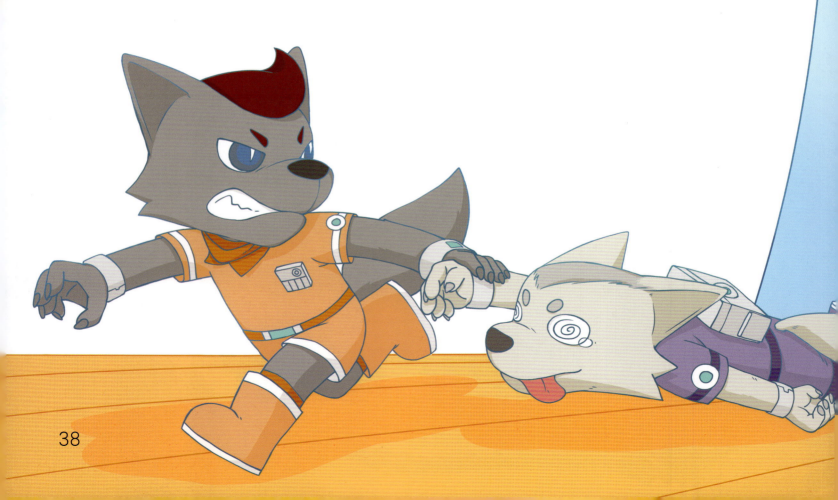

火星基地又恢复了生机,皮皮和三只小猪成了火星学校的风云人物。

皮皮的火星学习之旅正式开始了。

火卫一上的火星狼气得咬牙切齿,鼻青脸肿的慢慢狼和笨笨狼耷拉着脑袋站在一边,但是他们不会罢休,新的破坏计划又要开始了。

"哼,火星是我的,谁也别想抢走它!"